LE PRÉTENDU,
COMÉDIE
EN TROIS ACTES, EN VERS,
MÊLÉE DE MUSIQUE;

Par M. Riccoboni: *fils*

Représentée, pour la premiere fois, sur le Théâtre des Comédiens Italiens Ordinaires du Roi, le Jeudi 6 Novembre 1760.

Prix XXX. *Sols.*

A PARIS,

Chez De Lormel, Imprimeur - Libraire, rue du Foin, à Sainte Geneviéve.

M. DCC. LX.
AVEC PERMISSION.

ACTEURS.

PIRANTE, *Bourgeois.*	Mr. Caillot.
ELMIRE, *sa Fille.*	Mme. Favart.
MARINE, *Suivante.*	Mlle. Desglands.
VALERE, *Officier.*	Mr. Lejeune.
JACINTE, *Provincial.*	Mr. Rochard.
Mr. GAMBADE, *Maître à danser.*	Mr. Desbrosses.
MERLIN, *Laquais.*	Mr. Leclerc.

La Musique est de M. GAVINIÉS.

La Scene est à Paris, dans la maison de PIRANTE.

LE PRÉTENDU,
COMÉDIE
MÊLÉE DE MUSIQUE.

ACTE PREMIER.

SCENE PREMIERE.

VALERE, MARINE.

DUO.

MARINE.	SANS tarder qu'on se retire, Votre aspect me fait trembler.
VALERE.	Je ne veux que voir Elmire, Quoi ! ne puis-je lui parler ?
MARINE.	C'est demain qu'on la marie, Toute amourette est finie ; On ne peut vous recevoir.
VALERE.	Tu me mets au désespoir.

A ij

VALERE.

Tu connois toute la tendreſſe
Dont mon cœur eſt épris pour ta jeune maîtreſſe ,
Tu pourrois me ſervir en cette occaſion.

MARINE.

Non, vous dis-je ; à quoi ſert la bonne intention
Quand le ſuccès eſt impoſſible ?
Elmire à vos vœux eſt ſenſible ;
Mais ſon pere a promis ſa main ,
Le mari vient ce ſoir , & l'épouſe demain.

VALERE.

N'eſt-il plus pour moi d'eſpérance ?

MARINE.

Pardonnez-moi , vous devez eſpérer
Que ce feu maintenant ſi plein de violence
Avec le temps pourra ſe modérer ,
Et que vous prendrez patience.

VALERE.

On me verra plutôt mille fois expirer.

AIR.

Mon amour ſincere,
Dès qu'il a ſçu plaire,
Devient plus ardent ;
L'objet qui m'enflâme
Porte dans mon ame
Les feux qu'il reſſent.

Voir couronner ſa tendreſſe ,
Avoir le don de charmer ,
N'eſt qu'un moment d'alégreſſe;
Le vrai bonheur eſt d'aimer.

MARINE.

AIR.

L'amant qui perd ce qu'il aime ,
Croit que ſa tendreſſe extrême
Ne doit jamais finir ;
Mais après huit jours d'abſence ,
Ennuyé de la conſtance ,
Il n'y peut plus tenir.

S'il apperçoit une Belle
Nouvelle ,
Il ſent un nouveau deſir ;
Bientôt ſon amour fidele
Chancele ,
Et le cœur fuit le plaiſir.

VALERE.

Marine ce portrait ne peut me convenir.

MARINE.

De tous vos ſentimens l'étalage inutile
A votre amour ne peut ſervir de rien ,
Et malgré moi prolonge l'entretien ;
Le Pere eſt d'une humeur jalouſe & difficile ,
S'il vient à vous ſurprendre ? . . . .

A iij

VALERE.

Il ne m'a jamais vu ;
Et ne peut prendre aucun ombrage.

MARINE.

Chez une jeune fille un jeune homme inconnu
Paroît aux furveillans un fâcheux perfonnage ,
Et vous ne pouvez pas y refter décemment.

VALERE.

Quoi ! fans nulle pitié tu verras mon tourment ?

MARINE.

Chez fa parente Orphife ayant vu ma maîtreffe ,
Ayant conçu pour elle de l'amour ,
Et vous voyant payé du plus tendre retour ,
Il falloit gagner de vîteffe ,
La demander au Pere ; il vous eût accepté.
Mais à préfent qu'un autre l'intéreffe ,
Il n'en démordra pas , car il eft entêté ?

VALERE.

L'égard le plus prudent m'a lui feul arrêté.
Un oncle dont le bien doit faire ma fortune ,
Méritoit d'être confulté ;
Sans fon confentement , ma demande importune
Auroit peut-être révolté.
J'écris , à fes bontés mon amour fe confie ,
Me rendre heureux eft fa plus chere envie.
Il répond fans tarder , je viens dans le moment

De recevoir sa lettre & son consentement ,
Il approuve mon mariage.

MARINE.

Il l'approuve inutilement ,
Puisqu'un autre a sur vous obtenu l'avantage.
Mais on vient , je l'avois prévu.

VALERE.

Je vais tâcher de fuir avant d'être apperçu.

SCENE II.

VALERE & MARINE *se retirent au fond du Théâtre.*

ELMIRE *se croyant seule.*

AIR.

L'Imprudente jeunesse
Ne voit dans la tendresse
Que biens & que douceurs ;
Mais le cœur qu'elle enchante
Doit être dans l'attente
Des plus cruels malheurs.

   Lorsque l'amour commence
Tout contraint nos desirs ;
Bientôt la défiance
Nous coûte des soupirs ;
Enfin, c'est l'inconstance
Qui détruit nos plaisirs.

A iv

LE PRÉTENDU,

appercevant son amant.

Est-ce vous que je vois, Valere ?

VALERE.

Vous voyez un amant réduit au désespoir,
Si vous le condamnez à ne vous plus revoir.

ELMIRE.

Hélas ! pour vous que puis-je faire ?

MARINE.

On vous verroit avec plaisir,
Mais un vieillard d'humeur sévere
N'y voudra jamais consentir ;
Et puis un mari va venir,
Qui sans doute sera sauvage,
Et, comme ces esprits mal-faits,
Voudra que sa femme soit sage,
Et n'aimera pas les plumets.

ELMIRE.

Non, je n'aurai pas la foiblesse,
Quand vous avez mon cœur, de lui donner la
main.

MARINE.

Mais que prétendez-vous avec ce beau dessein ?

ELMIRE.

Aimer toujours Valere:

VALERE.

Aimer toujours Elmire.

MARINE.

Par ma foi vous me faites rire,
En parlant d'un amour qui n'aura point de fin.

AIR.

Une conftance éternelle
Capable de tout braver,
Eft une chofe fi belle
Qu'on ne fçauroit la trouver.

Dans fa beauté fans feconde,
C'eft le Phénix inconnu ;
Chacun dit qu'il eft au monde,
Aucun ne l'a jamais vu.

VALERE.

Ne croyez pas que ma tendreffe
Puiffe d'un autre objet s'occuper un moment.

ELMIRE.

Je ne penfe qu'à vous ; hélas ! cette foibleffe
Fera peut-être mon tourment ;
Mais je fens que mon cœur vous aimera fans ceffe.
Ne défefpérons point ; je vais tout hafarder,
Vous aurez de ma flâme une preuve certaine,
Soyez prêt à me feconder :
Il ne faut qu'un inftant pour nous tirer de peine.

D U O.

ELMIRE. Soyez sûr de mon ardeur,
Pour jamais l'amour m'engage ;

VALERE. Soyez sûre de mon cœur,
A vous seule il rend hommage.

ENSEMBLE. Dieu qui fais notre esclavage,
Conduis-nous, c'est ton ouvrage
D'assurer notre bonheur.

ELMIRE. La crainte m'agite,
Sortez au plus vîte ;

VALERE. Daignez m'écouter,
Faut il vous quitter ?

ELMIRE. Ah ! partez, soyez plus sage,
Rien n'égale ma frayeur.

ENSEMBLE. Dieu qui fais notre esclavage,
Conduis-nous, c'est ton ouvrage
D'assurer notre bonheur.

M A R I N E.

Eh ! Monsieur, partez donc ; c'est trop long-temps
attendre,
Mon maître que je vois a pensé le surprendre.

SCENE III.

ELMIRE, MARINE, PIRANTE.

PIRANTE, *à ses gens.*

AIR.

Qu'on travaille promptement
A ranger l'appartement.
J'attends mon gendre
Qui doit ici se rendre ;
Il va venir dans le moment.

Le temps s'échappe,
Je crois qu'il frappe ;
Qu'on le reçoive poliment ,
Très-humblement,
Respectueusement,
Et qu'il entre sans compliment.

Pour donner ordre à tout on a bien de la peine ,
Ma fille tu me vois de la plus belle humeur ;
Je te donne un mari fort riche & plein d'honneur.
C'est à présent une affaire certaine.

ELMIRE.

Hé , mon pere ! pourquoi me marier si-tôt ?
Je suis bien jeune encore & je pourrois attendre.

PIRANTE.

Tu changeras d'avis quand tu verras mon gendre ;
Car c'est un homme comme il faut.

MARINE.

Vous deviez confulter au moins Mademoiſelle.
La différence eſt très-grande , je crois ,
De comme il faut pour vous , à comme il faut pour
elle.

PIRANTE, *à Elmire.*

Quoi, voudrois-tu t'oppofer à mon choix ?

ELMIRE.

A vos loix juſqu'ici je fus toujours foumiſe ,
Mais d'un hymen ſi prompt vous me voyez ſurpriſe,
Un époux inconnu . . . .

PIRANTE.

Tu le verras dans peu.

MARINE.

Bon ! que nous importe fa vûe ?
Quand vous nous aſſurez que l'affaire eſt conclue,
Monfieur , l'hymen n'eſt point un jeu ;
Votre homme comme il faut , pourroit bien nous
déplaire.

PIRANTE, *à Marine.*

Mais dis-moi , je te prie , eſt-ce là ton affaire ?
Tes ſots raifonnemens pourroient me mettre en feu.

ELMIRE.

AIR.

Auprès d'un époux aimable
Rien ne manque à nos defirs ;
L'amour eft toujours durable,
Quand il renaît des plaifirs.

Mais quand l'objet ne peut plaire,
S'il n'eft plus temps de changer ,
Que faire ?
Hélas , je n'ofe y fonger.

PIRANTE.

Tu crois qu'une belle figure
Eft le plus grand des biens en pareille avanture,
Tu te trompes , ma chere enfant.
Ta mere étoit belle vraiment ,
Des yeux parlans , une taille élégante ,
Une figure intéreffante ,
Et je l'aimois fincerement ,
Jamais bonheur ne fut égal au nôtre.
Lorfque de nôtre hymen on faifoit les apprêts ,
Cependant quelque temps après ,
Je la trouvois tout comme une autre.

MARINE.

Et vous le rendoit-elle ?

PIRANTE.

Oh ! finis tes propos ,
Je n'en ai jamais fait de plaintes ,
Laiffe fa mémoire en repos.

ELMIRE.

Cela n'appaise pas mes craintes.

PIRANTE.

Va, cet époux est bien ton fait,
Tu n'en sera pas mécontente ;
Je vais t'en faire le portrait,
Que ton esprit se represente.....
Mais quelqu'un entre ici sans se faire annoncer?

MARINE.

Eh! ne voyez-vous pas ? c'est le Maître à danser.

SCENE IV.

PIRANTE, ELMIRE, MARINE, M. GAMBADE, *suivi de* VALERE, *qui porte un violon.*

PIRANTE.

SOeyz le bien-venu. Bonjour Monsieur Gambade.

M. GAMBADE.

Un Maître à l'abri des façons,
Quand il vient donner ses leçons,
Est dispensé de l'ambassade.

PIRANTE.

Je suis fort aise de vous voir,
Jamais plus à-propos vous ne pouviez paroître ;

Ma fille doit danfer ce foir,
Qu'elle faffe honneur à fon Maître,

M. GAMBADE.

Je vais y travailler, & de tout mon pouvoir.

PIRANTE.

AIR.

Que fon aifance,
De la cadence
Jamais n'offenfe
Le vrai moment;
Qu'une élégance,
Sans indécence,
Soit de fa danfe
Tout l'ornement.

Un air trop lefte
N'eft point modefte,
Et je détefte
Les entrechats;
Cette méthode,
Trop à la mode,
M'eft incommode
Par fon fracas.

La véhémence
Dont on s'élance,
Me met en tranfe
Par fa hauteur;
Je crains l'entorfe,
Et cette force
N'eft que l'écorce
Du bon Danfeur.

M. GAMBADE.

Ma foi, vous raisonnez, Monsieur, avec justesse,
Et vous auriez été fort bon Maître à danser.

PIRANTE.

Autrefois je dansois & je pouvois passer,
Mais cet amusement est fait pour la jeunesse.

appercevant Valere.

Et ce jeune homme-là . . . .

M. GAMBADE.

Monsieur, c'est mon Prévôt.
Depuis deux ou trois jours avec moi je le mene,
Cela m'épargne au moins la moitié de la peine.

PIRANTE.

Sans doute :

M. GAMBADE.

A l'Opéra vous le verrez bientôt
Danser d'une façon qui paroîtra nouvelle ;
C'est moi qui l'ai formé, vous en serez content.

à Valere.

Allons Sauterillot, prenez Mademoiselle,
Commençons, s'il vous plaît.

PIRANTE.

PIRANTE, *à Marine.*

Je fors pour un moment,
Toi, demeure Marine, & te tiens auprès d'elle.

SCENE V.

ELMIRE, MARINE, VALERE, M. GAMBADE, PIRANTE
qui passe & revient.

MARINE.

IL part : ah ! je respire enfin.

M. GAMBADE.

J'ai cru qu'il jaseroit jusqu'à demain matin.

ELMIRE, *à Valere.*

Vous avez dans mon cœur produit un trouble
    extrême,
Quoi, mon pere présent, vous introduire ici !

VALERE.

Monsieur veut bien, en qualité d'ami,
    Se prêter à mon stratagême ;
Je ne puis un moment demeurer sans vous voir.

M. GAMBADE, *prenant le violon.*

De peur que de ce badinage

B

On ne vienne à s'appercevoir,
Accordons-nous, sans tarder davantage.
Çà, commençons le menuet,
Et puis vous causerez, & j'aurai l'œil au guet.

On joue un Menuet qui continue jusqu'à la fin de la Scene ; Elmire & Valere dansent, & tout ce qui suit est chanté.

ELMIRE.

Mon pere s'obstine
Dans ses sentimens.

VALERE.

L'amour vous destine
De plus doux momens.

ELMIRE.

Faudra-t-il que je céde !

VALERE.

Qu'un autre vous posséde !

Pirante traverse la Scene, & s'arrête pour voir danser sa fille.

M. GAMBADE.

Levez le bras doucement,
Donnez la main noblement.

PIRANTE.

Fort bien, elle a bonne grace.

M. GAMBADE.

La tête n'est pas à sa place ;
Un peu par - là.

à Pirante.

Cela viendra.

Pirante sort , & le Menuet continue.

VALERE.

Mon rival pourra vous plaire ,
Et mon cœur en est jaloux.

ELMIRE.

Ce soupçon me désespére ,
Je ne puis aimer que vous.

VALERE
&
ELMIRE
ensemble.

Malgré la crainte ,
Dont mon ame est atteinte ;
Le plaisir de vous voir
Soutient mon espoir. *recitatif*

M. GAMBADE *croyant voir venir quelqu'un.*

Le corps se dérange ,
Tenez-vous bien.

Non , j'ai pris le change ,
Ce n'étoit rien.

ELMIRE.

Si le destin nous sépare ,
Je vivrai dans la douleur.

B ij

VALERE.

Seriez – vous aſſez barbare
Pour aſſurer mon malheur ?

Il ſe jette aux genoux d'Elmire.

VALERE
&
ELMIRE
ensemble.
{
La peine que j'endure
N'affoiblit point mes feux,
La flamme vive & pure,
Que je vois dans vos yeux,
En ce moment m'aſſure
Que nous ferons heureux.

PIRANTE *les ſurprenant.*

Dans cette poſture,
Quels font vos deſſeins ?

M. GAMBADE *ſe ſauvant.*

Donnez les deux mains.

Valere veut s'en aller en danſant , & Pirante
l'arrête.

SCENE VI.

ELMIRE, VALERE, PIRANTE,
MARINE.

PIRANTE, *à Valere.*

Doucement, s'il vous plaît, j'ai deux mots à
vous dire.
On ne danse point à genoux ;
Ici quel sujet vous attire ?

MARINE.

D'un aussi mauvais pas comment sortirons-nous ?

VALERE.

Monsieur. . . . .

PIRANTE.

Hé bien ?

ELMIRE.

Mon pere. . . . .

PIRANTE.

Quoi, ma fille ?

VALERE.

Si j'osois vous parler. . . . .

B iij

PIRANTE.

Je vous écouterois.

MARINE.

Si l'on vous difoit tout. . . . .

PIRANTE.

Hé bien ! je le fçaurois.
C'eft ce que je demande.

ELMIRE.

Oui , dans notre famille
Tout le monde connoît Monfieur.

PIRANTE.

Belle raifon !

VALERE.

C'eft Valere que je me nomme.

MARINE.

Monfieur eft d'illuftre maifon.

PIRANTE.

Quoi ! Monfieur le Prévôt , vous êtes gentil-
homme ?

VALERE.

On me connoît pour tel.

PIRANTE.

A quoi fert tout ceci ?
Je demande pourquoi vous vous trouvez ici ?
Pourquoi je viens de vous furprendre
Aux genoux de ma fille , & lui ferrant la main ?
Et pourquoi ce Danfeur , que je verrai demain ,
Vous menant avec lui , vouloit me faire entendre
Que vous étiez fon écolier ?

VALERE.

La feule vérité peut me juftifier.
Vous voyez les effets de l'amour le plus tendre ;
J'adore votre fille , & mon fort eft affreux
Si d'un autre que moi fa main comble les vœux.
Je voulois concerter avec Mademoifelle
Quels moyens je prendrois pour vous la de-
mander ,
Et l'état où je fuis m'a fait tout hafarder.

ELMIRE.

Hélas ! rien n'eft plus vrai.

MARINE.

La chofe eft naturelle.
B iv

PIRANTE.

Monsieur , j'en suis fâché , mais je parle sans
    fard :
Un autre dès-demain doit s'unir avec elle ,
    Et vous êtes venu trop tard.

ELMIRE.

Mon Pere , de douleur voulez-vous que j'expire ?
    A son amour le mien a répondu.

PIRANTE.

Paix , ma fille , voilà ce qu'il ne faut pas dire ;
C'est le cas à présent d'avoir de la vertu ,
Aux ordres de son pere on doit toujours souf-
    crire.

MARINE.

Monsieur sera fort riche.

PIRANTE.

             Et l'autre l'est assés.

ELMIRE.

Vous sçavez que pour lui mon ame s'intéresse.
Et sa noble origine. . . . .

PIRANTE.

Oh ! pour de la noblesse
Tous mes parens s'en sont fort bien passés.

VALERE.

Que vais-je devenir ?

ELMIRE.

Hélas ! je suis perdue.

PIRANTE.

J'en suis au désespoir, mais l'affaire est conclue.

QUATUOR.

ELMIRE.
&
VALERE.
} Voulez-vous nous voir mourir !
Quoi ! l'amour le plus sincere
Ne peut-il vous attendrir ?

PIRANTE.

Mais j'ai terminé l'affaire,
Je ne puis en revenir.

ELMIRE.

Rompez des nœuds que j'abhorre.

PIRANTE.

Vous n'en fçavez rien encore.

MARINE.

Je vous dis qu'elle en mourra.

PIRANTE.

Elle fe confolera.

VALERE.

Retirez votre promeffe.

PIRANTE.

C'eft manquer de bonne foi.

VALERE
&
ELMIRE.
} Que $\begin{matrix} \text{fon} \\ \text{mon} \end{matrix}$ fort vous intéreffe.

PIRANTE.

Ma parole fait ma loi.

ELMIRE.
VALERE.
MARINE.
PIRANTE.
} Ah! j'expire.
Quel martyre!
Vieux fatyre.
Quel délire!

VALERE
&
ELMIRE. } Vous ne pourrez être à moi. }

MARINE. Je l'étranglerois, ma foi.
PIRANTE. Ma parole fait ma loi.

PIRANTE.

Monſieur , de grace ,
Quittez la place.

VALERE.
&
ELMIRE. } Nous ne pourrons plus nous voir ,
Quel arrêt ! quel déſeſpoir !

PIRANTE.

Ah ! pas ſi près , je vous en prie ;
Que ſans plus de cérémonie
Chacun aille de ſon côté.

VALERE.
ELMIRE.
MARINE. } Vous ſerez donc inflexible ;
A nos leurs maux ſoyez ſenſible.

PIRANTE.

Mais la choſe eſt impoſſible
Lorſque tout eſt arrêté.

VALERE.
&
ELMIRE.   Quelle cruauté !

MARINE.   Qu'il est entêté !
PIRANTE.   Tout est arrêté.

Fin du premier Acte.

ACTE SECOND.

SCENE PREMIERE.

MARINE, *en Dame* ; ELMIRE, *en Soubrette.*

MARINE.
AIR.

POUR paroître la Maîtresse,
N'ai-je pas le vrai maintien ?
Affecter de la Noblesse,
Cela ne me coûte rien ;
Mes yeux ont de la finesse,
Et lorsque je me redresse,
La parure me va bien.

Je serai bien indolente,
C'est l'air de bonne maison ;
Bien railleuse, bien mordante,
Aujourd'hui c'est le grand ton.

ELMIRE.
Oui, de ton air je suis très-satisfaite :
Mais songe à bien remplir ce que tu m'as promis.

MARINE.

Oh ! ne foyez point inquiete ;
Comptez fur mes talens , s'il me parle, il eft pris.
A bien d'autres que lui j'ai paru fort jolie ;
Ainfi notre projet ne fçauroit tourner mal ,
A moins que ce ne foit un fort fot animal.

ELMIRE.

S'il t'aime , j'en ferai ravie.
Seconde fa tendreffe , & l'engage fi bien ,
Que de tout autre objet il n'ait plus nulle envie ;
Pour rompre notre hymen c'eft le plus fûr moyen.

MARINE.

Mais il faudra bientôt que tout ce jeu finiffe.

ELMIRE.

Nous n'avons pas befoin qu'il dure trop long-temps.
J'aurai grand foin qu'en peu d'inftans
Mon cher Prétendu me haïffe ;
Et quand il fe verra joué ,
Qu'il fçaura qu'à ce ftratagême
J'aurai participé moi-même....

MARINE.

Il ne pourra de vous être fort engoué.
Mais comme vous n'êtes pas faite
A prendre les façons d'une fimple foubrette ,
Ce changement pour vous ne fera pas aifé.

ELMIRE.

Mon esprit à cela s'est déjà disposé.

AIR.

J'aurai la démarche fringuante,
La mine agaçante,
La bouche riante ;
Je ne baisserai les yeux,
Que d'un air malicieux.

Affectant d'être obligeante,
Complaisante,
Prévenante ;
De mes Maîtres je dirai
Tout le mal que je pourrai.

MARINE.

A merveille, Mademoiselle,
Moi-même, en vérité, je ne ferois pas mieux.

ELMIRE.

Un favorable espoir dans mon cœur étincele,
Et le succès n'est point douteux.

SCENE II.

ELMIRE, MARINE, MERLIN.

MERLIN.

UN Monsieur est là-bas arrivant de Province,
C'est un grand efflanqué dont l'encolure est mince,
A Monsieur votre pere il demande à parler.

ELMIRE.

Son nom ?

MERLIN.

Monsieur Jacinte

ELMIRE.

Allez, il peut entrer.

à Marine.

Je vais le recevoir ; songe à ce qu'il faut faire,
Mettons bien à profit l'absence de mon pere.

MARINE.

Oh ! destin dont jamais aucun n'est échappé,
Dès qu'il veut être époux, il est déjà trompé.

SCENE III.

SCENE III.

ELMIRE, MARINE, JACINTE.

JACINTE.

AIR, en Dialogue.

JE ne sçais comment m'y prendre,
Pour exprimer mon ardeur.

ELMIRE.

Le début est vraiment tendre,

MARINE.

Vous me faites trop d'honneur.

JACINTE.

Ce n'est point par politesse ;
Je crois voir une Déesse
Qui s'empare de mon cœur.

ELMIRE.   { Cet éloge est bien flateur.
MARINE. { Vous me faites trop d'honneur

JACINTE.

Ah ! combien seroit à plaindre !
Un Amant qui vous verroit,
Sans sçavoir s'il vous plairoit.
Mais l'Epoux n'a rien à craindre,
Car il est sûr de son fait.

C

ELMIRE.	Pas tout-à-fait.
JACINTE.	Bon ! tout est fait.
MARINE.	Il est parfait.

JACINTE.

Dès le premier coup d'œil mon âme à la torture,
A ressenti pour vous une très-vive ardeur ;
C'est ce fripon d'Amour qui déja dans mon cœur,
  D'un trait piquant à fait une blessure.
Mais sitôt que l'hymen aura fait mon bon-
  heur,
Des transports dont je sens la peine & la douceur,
  Je vous ferai mieux la peinture.

MARINE.

  Cette façon de s'exprimer,
  Est agréable & naturelle.
  On m'ordonne de vous aimer,
A ce commandement bien loin d'être rebelle,
  Je voudrois être vraiment belle,
  Afin de vous mieux enflâmer.

JACINTE.

Je ne suis pas charmant, mais je suis très-fidelle.

MARINE.

Et je puis me flâter de vous voir mon Epoux ?

JACINTE.

Mademoiselle, en doutés vous ?
Quand d'un pere on à la parolle

Que les préparatifs font faits,
Et qu'on est venu tout exprès ;
Ce n'est point se flâter d'une espérance folle.

ELMIRE.

Auſſi-tôt l'Hymen achevé,
Vous retournez chez vous avec Mademoiſelle.

JACINTE.

Cela me paroit tout prouvé.
Faut-il que ce ſoit moi qui demeure chez elle ?

MARINE.

Comme tous ſes diſcours ſont remplis de raiſon :
Il me tarde déjà d'être en votre maiſon.

JACINTE.

AIR, en Dialogue.

Perſonne dans la Province,
Ne brillera plus que vous.
Comme la femme d'un Prince ;
On vous recevra chez nous.

ELMIRE.

Elle aura grand équipage.

JACINTE.

Nous allons toujours à pied.

ELMIRE.

Fort gros jeu ?

JACINTE.

Mauvais usage,
Le jeu ruine & messied.

ELMIRE.

Très nombreuse compagnie ?

JACINTE.

Point du tout ; on se decrie
Quand on reçoit trop de gens.

ELMIRE.

Elle aura des diamans,
Beaux bijoux, riches dentelles.

JACINTE.

Les Dames sont assez belles,
Sans tous ces vains ornemens.

ELMIRE.

Mais vous êtes détestable,
Et vous vous ferez haïr.

JACINTE.

Mon systême est raisonnable,
Et je dois le soutenir.

MARINE.

Laissez Monsieur, laissez la dire ;
Le bonheur de vous plaire a de quoi me suffire,

Comptez que vos conseils feront toujours fuivis,
Et que je ne ferai jamais de fon avis.

JACINTE.

Vous aurez bien raifon, la Province eft bornée,
Et contre les grands airs fortement obftinée.
    Si je prenois un vol trop haut,
On fe riroit de moi ; mais on vit comme il faut.
A la maifon des champs toujours l'Eté fe paffe,
    C'eft la qu'au frais on fe délaffe,
Des ennuis de la ville & de fes embarras.

ELMIRE.

Car on fait dans la Ville un terrible fracas.

JACINTE.

L'amufement d'Automne eft tant foit peu plus
    grave.
On reçoit des Fermiers, on met fon vin en cave,
    Puis on rit tout le Carnaval.
Quelquefois au Château l'on donne un petit Bal.
    Nous y jouons la Comédie,
  Très plaifamment je vous le certifie.

ELMIRE.

Cela doit être curieux ?

JACINTE.

  Chaqu'un montre fon fçavoir faire,
Entr'autres nous avons un jeune Apoticaire,
    Qui fait Orefte tout au mieux.

MARINE.

Ah ! rien n'eſt ſi charmant , & je ſerai ravie ,
De paſſer avec vous cette agréable vie.

AIR.

Du plus doux raviſſement ,
Mon âme eſt déjà ſaiſie ;
Quel bonheur d'être choiſie ,
Pour un ſort auſſi charmant.

Mais ma tête s'embaraſſe ,
Ah ! je vais m'évanouïr.
Déja tout mon ſang ſe glace :
C'eſt ſans doute de plaiſir.

Soutiens moi , je ſuis tremblante ;
Interdite , chancelante ;
Je me ſens prête à mourir ;
C'eſt ſans doute de plaiſir.

Elle tombe dans les bras d'Elmire.

JACINTE.

Elle ſe trouve mal , ah ! la pauvre petite !
Quel accident fâcheux !

ELMIRE.

Il n'aura point de ſuite.

JACINTE.

Aidons-la;

ELMIRE.

Non, Monſieur, il n'en eſt pas beſoin
Je ſçais ce qu'il lui faut, & j'en vais prendre ſoin.

SCENE IV.

JACINTE, ſeul.

DE mon hymen prochain la flatteuſe eſpé-
rance
A produit tout-à-coup cette altération ;
Il faut pourtant que ma préſence
Ait fait ſur ſon eſprit beaucoup d'impreſſion !

AIR.

Quand on eſt de bonne mine,
Que l'on à la jambe fine,
Par une œillade aſſaſſine,
On réduit la plus mutine,
C'eſt l'affaire d'un inſtant.

Un ſeul mot flateur & tendre,
A ſon cœur ſe fait entendre,
La pudeur veut ſe défendre,
Mais l'amour ne peut attendte;
Il éclatte on eſt content.

C iv

SCENE V.

JACINTE, ELMIRE.

JACINTE.

Vous revenez, hé bien comment se porte-t-elle?

ELMIRE.

Oh ! ce n'est qu'une bagatelle,
Et son mal ne sçauroit durer,
Pour peu qu'à sa toilette elle aille se mirer.

JACINTE.

Elle est donc bien coquette ?

ELMIRE.

Hé mais ; elle aime à plaire,
Et cela n'est pas deffendu.

JACINTE.

A son mari bien entendu.

ELMIRE.

Et non Monsieur, tout au contraire,
Les soins pour lui deviendroient superflus,
On sçait bien qu'il nous aime & l'on n'y pense plus.
Mais il faut se rendre agréable,

A ceux que pour amis on prétend s'engager.
Toujours pour un mari l'on est assez aimable.
C'est aux autres qu'il faut songer.

JACINTE.

Je ne veux point chez moi souffrir un tel usage,
Sitôt qu'à son Epoux une femme s'engage,
Elle doit oublier. . . . .

ELMIRE.

Hé quoi ? jusques au bout,
Prétendez-vous tenir cet odieux l'angage ?
Pour vous elle a pris quelque goût,
Mais vous pourriez bien lui déplaire,
En montrant une humeur à ses desirs contraire ;
Vivés à notre mode & sur-tout point de bruit,
Je vais vous expliquer l'usage que l'on suit.

COUPLETS.

Quand une fille se marie,
A son Epoux elle est unie,
Mais elle à plaine liberté,
De suivre en tout sa volonté.
C'est ici l'empire des belles,
Les agrémens sont fait pour elles ;
Les embarras pour les maris :
Voilà comme on vit à Paris.

A la brillante compagnie,
Dont on voit leur maison remplie ;
Elles font si bien les honneurs,
Qu'elles enchaînent tous les cœurs.

De ces liaisons innocentes
Naissent mille fêtes galantes,
Où l'on ne voit point de maris :
Voila comme on vit à Paris.

Le sommeil remplit les journées,
Et le soir richement parées,
Dans les plus doux amusemens,
Elles passent tous les momens.
La nuit le plaisir les transporte,
Et le matin devant leur porte
Elles rencontrent leurs maris :
Voilà comme on vit à Paris.

SCENE VI.

JACINTE *seul.*

CEtte méthode-là n'est pas fort agréable.
Je ne souffrirai point un procédé semblable ;
Si de cette façon l'on s'arrange aujourd'hui,
C'est prendre femme pour autrui.

SCENE VII.

JACINTE, PIRANTE.

PIRANTE.

AIR.

Pardonnez mon retard, de grace,
Des affaires m'ont arrêté,
Permettez que je vous embraffe,
De vous voir je fuis enchanté.

Avez-vous fait un bon voyage ?
A-t-on foin de votre équipage ?
Commandez fans aucun fouci,
Car vous êtes le maître ici.

Mais n'avez-vous pas vu ma fille ?

JACINTE.

Pardonnez-moi, Monfieur.

PIRANTE.

En êtes-vous content ?

JACINTE.

On ne peut davantage ; elle eft douce, gentille,
Et fon regard eft attrayant.

PIRANTE.

Elle devroit vous faire compagnie.

JACINTE.

Pour un moment elle est sortie ;
Elle ne se porte pas bien.

PIRANTE.

Comment ! elle est malade ?

JACINTE.

Ah ! ce ne sera rien ;
Sa suivante m'a dit qu'elle est un peu remise :
Mais voulez-vous que je vous dise ,
Cette fille avec son caquet ,
Me paroît un mauvais sujet.

PIRANTE.

Elmire en est assez contente.
Elle a peut-être un peu trop de gayeté ;
Elle parle avec liberté.

JACINTE.

Si fort qu'elle m'impatiente.

PIRANTE.

Je vais voir ma fille un moment.
Merlin , menez Monsieur dans son appartement.

Jacinte sort.

SCENE VIII.

PIRANTE, ELMIRE, *soutenue par*
MARINE, VALERE *qui survient*

en habit de Médecin.

PIRANTE.

AH ! vous voilà ; que vient-on de me dire ?

MARINE.

Je ne sçais pas, Monsieur, comment elle respire.
   D'un long évanouissement
Elle a senti toute la violence.

PIRANTE.

Que chez mon Médecin l'on aille promptement,
   Et qu'on l'amene en diligence.

MARINE.

Il est à la campagne, & ne vient que demain ;
   Mais son éleve, un jeune Médecin,
Qui, lorsqu'il est dehors, va pour lui par la ville,
Doit arriver bientôt, du moins il l'a promis.

ELMIRE.

Qu'il vienne me tirer de l'état où je fuis.

MARINE.

C'est lui que j'apperçois.

à Valere.

Songez à vous contraindte.

VALERE.

Sois fûre que l'amour m'apprendra l'art de feindre.

SCENE IX.

PIRANTE, VALERE en *Médecin*,
ELMIRE *affife.*

VALERE.

Est-ce vous, Mademoifelle,
Auprès de qui l'on m'appelle ?
Que je tâte votre pouls ;
Dites-moi, que fentez-vous ?

ELMIRE.

Je sens une peine extrême,
Que rien ne peut soulager.

VALERE.

Votre état pourra changer,
En suivant notre système ;
C'est à quoi je vais songer.

à Pirante.

Le cas est bien difficile ;
On a trop ému sa bile,
Et j'ai même remarqué
Que le cœur est attaqué.

PIRANTE.

Oui, Monsieur, je le confesse ;
Elle a pris de la tendresse
Pour certain jeune étourdi.
Mais un autre a ma promesse,
Elle ne peut être à lui.

ELMIRE.

Ah ! je me trouble,
Mon mal redouble.

VALERE.

Elle se trouble,
Son mal redouble ;
Ne vous obstinez pas
A causer son trépas.

PIRANTE.

Et comment faut-il faire ?

VALERE.

Il faut la satisfaire.

PIRANTE.

Mais en pareille affaire
Il y va de l'honneur.

ELMIRE.

Ah ! Ciel, quelle douleur !

	Je retombe en langueur.
VALERE.	Elle tombe en langueur.
PIRANTE.	Il y va de l'honneur.

PIRANTE.

Montre-toi plus traitable,
Jacinte est fort aimable,
Il sera ton bonheur.

ELMIRE. Ah! Ciel, quelle douleur !
VALERE. Elle tombe en langueur.
PIRANTE. Il y va de l'honneur.

VALERE.

Pourquoi la contredire ?
A ce qu'elle desire
Il faudroit consentir.

PIRANTE.

Oui, oui, ma chere Elmire ;
Je suivrai ton desir.

VALERE & ELMIRE bas.

Il se trouble, il balance.
Amour, que ta puissance
Seconde nos travaux.

ELMIRE haut.

L'ardeur qui m'inspire
Produit tous mes maux.

PIRANTE.

Un cœur qui soupire
N'a point de repos.

A TROIS.

L'ardeur qui { l'inspire
m'inspire
t'inspire

D

Produit tout $\left\{ \begin{array}{c} \text{ses} \\ \text{mes} \\ \text{tes} \end{array} \right\}$ maux ;

Un cœur qui foupire
N'a point de repos.

VALERE & ELMIRE *bas.*

Dans notre conftance,
Cherchons l'affurance
Des jours les plus beaux.

A TROIS.

L'ardeur qui $\left\{ \begin{array}{c} \text{l'infpire} \\ \text{m'infpire} \\ \text{t'infpire} \end{array} \right.$

Produit tous $\left\{ \begin{array}{c} \text{ses} \\ \text{mes} \\ \text{tes} \end{array} \right\}$ maux ;

Un cœur qui foupire
N'a point de repos.

Fin du second Acte.

ACTE III.

SCENE PREMIERE.

Il est nuit, le Salle est éclairée de deux bougies qui sont sur une table

ELMIRE, VALERE & MARINE;

Ils entrent sur la scene, chacun de son côté, & raisonnent chacun à part, sans se voir.

TRIO.

ELMIRE.

Semblable à la tourterelle,
Prise au piege, sans appui,
Je vois mon amant fidele,
Et ne puis voler à lui.

VALERE.

En renard qui se tourmente,
La nuit on me voit chercher;
J'entens la poule qui chante,
Sans pouvoir en approcher.

D ij

MARINE.

Comme un Pêcheur en silence,
J'amorce un fort beau poisson,
Dans l'attente qu'il s'avance,
Et qu'il morde à l'ameçon.

TOUS TROIS.

C'est ainsi que l'on desire,
Qu'on espere un sort plus doux ;
Mais le bien où l'on aspire
Fuit sans cesse devant nous.

ELMIRE.

Ah ! Valere , est-ce vous ?

VALERE.

Je vous revois , Elmire.

MARINE.

Oui , nous voici tous trois qui ne sçavons que
    dire.
Nos sublimes projets n'ont encor rien produit ;
On les sçaura bientôt , & l'on fera du bruit ;
Vous aurez beau pleurer & faire la mutine,
Vous prendrez malgré vous l'époux qu'on vous
    destine ;
Monsieur sera d'ici chassé fort poliment ,
    Et moi très incivilement :
    Voilà tout ce que j'imagine.

VALERE.

Votre pere tantôt sembloit se radoucir.

ELMIRE.

Affligé de me voir souffrir ,
Il a pour un moment usé de complaisance ;
Mais assuré de mon obéissance ,
Il persiste toujours dans son premier dessein.

VALERE *à Marine.*

Et toi n'as-tu rien fait ?

MARINE.

Je viens de voir Jacinte ,
Et pour gagner son cœur je suis en beau chemin ;
Mais il faudra bien qu'à la fin
Il découvre toute la feinte ,
Que deviendrai-je alors ?

VALERE.

Poursuis tranquillement ;
Et tu peux espérer de ma reconnoissance
La généreuse récompense
Que méritent tes soins & ton attachement.

MARINE.

Il faut donc jusqu'au bout risquer l'événement ;
Dans mon esprit à l'instant je rassemble

D iij

Les moyens les plus forts pour attaquer un cœur ;
Retirez-vous, craignons qu'on ne nous trouve
    ensemble,
J'en veux venir à mon honneur.

Elmire & Valere se retirent.

SCENE II.

MARINE *seule.*

Poursuivons, tout m'engage à servir ma maî-
    tresse ;
Je ne puis reculer, les premiers pas sont faits :
D'ailleurs à réussir ma gloire m'intéresse ;
    Et si je manque ici d'adresse,
    C'est un affront pour mes attraits.

SCENE III.

MARINE, JACINTE.

JACINTE.

AIR.

Quand notre hymen s'apprête ;
Je sens que dans ma tête

S'éleve un tourbillon ,
Qui fait grand carillon.

La crainte & l'espérance
Me tiennent en balance ;
L'une me veut troubler ,
L'autre me consoler.

Vous que je vois si belle ,
Décidez leur querelle ,
Maîtresse de mon sort ,
Serai-je vif ou mort.

MARINE.

Que de tels sentimens seroient doux pour mon
ame ,
Si je pouvois les mériter.

JACINTE.

De ce que vous valez il vous sied de douter ;
Mais vous trouverez dans la flâmme ,
Dont pour vous je suis agité ,
La preuve de votre beauté.

MARINE.

Quand vous montrez pour moi cette vive ten-
dresse ,
Je sçais que votre cœur ne peut la ressentir ;
Je vous suis peu connue , & ma délicatesse
Ne peut à ce lien me faire consentir ,

D iv

Jufqu'à ce que je fois pleinement affurée
Que vous m'aimez affez pour ne jamais changer.

JACINTE.

L'un à l'autre demain l'on doit nous engager.

MARINE.

Je fçais que pour demain la fête eft préparée;
Mais je dois vous prier, fi vous m'aimez un peu ;
De parler vous-même à mon pere,
Pour que de quelques jours cet hymen fe différe.

JACINTE.

Quand pour vous je fuis tout en feu,
Pourquoi me propofer ce retard inutile ?
On trouveroit d'ailleurs ma demande incivile,
Quelle raifon puis-je en donner ?

MARINE.

Mais, que pour vous déterminer
Vous voulez mieux fçavoir fi je pourrai vous
plaire.

JACINTE.

Mais puifque fans vous voir j'avois conclu l'affaire,
Je n'ai plus droit de rien examiner.

MARINE.

Et depuis que vous m'avez vue

Ne vous êtes vous pas en secret repenti,
  D'avoir choisi le plus mauvais parti ?
Car vous en aviez bien quelques autres en vue.

J A C I N T E.

Vous voulez m'éprouver sans montrer de soupçon,
Et sçavoir si mon cœur est a vous tout de bon.
Hé bien connoissez donc ce que pour vous je pense,
Et vous m'épouserez avec plaine assurance.

A I R.

Quand je vous vois,
L'amour saisit mon âme,
  A votre voix,
Soudain mon cœur s'enflâme.

  Rempli de feux,
Qui n'ont jamais de trève,
  Vers vos beaux yeux,
Toujours mon cœur s'éleve.

  A vos beautés,
Soumis sans résistance ;
  Si vous partez,
Vers vous mon cœur s'élance.

M A R I N E.

Que d'un pareil amour le mien seroit content ?
  Hélas, si j'étois la maîtresse,
  J'y répondrois d'une égale tendresse,
  Et c'est ce qui fait mon tourment.

A I R.

Celui qui s'engage ,
Dans le mariage ,
Fait un mauvais pas.
Souvent l'apparence ,
Produit l'efpérance ,
D'un fort plein d'appas ;
Elle ôte la crainte ,
Et cache la feinte ,
Qu'on ne prévois pas.

D'un minois aimable ,
D'un difcours affable ,
L'Amant eft flatté.
Voilà le manége ,
Mais fitôt qu'au piége ,
L'on eft arrêté ;
Le bien , la nobleffe ,
L'efprit , la fageffe ,
Tout eft fauffeté.

J A C I N T E.

Je fuis de vos difcours vraiment épouvanté ,
Et je ne conçois pas quel motif vous engage ,
A me tenir vous-même un femblable l'angage.

M A R I N E.

Je fens bien qu'il doit vous frapper ;
Mais quand vous me montrez une tendreffe extrême
Que , fi j'ofois , pour vous je fentirois de même ,
Je ne puis plus long-temps aider à vous tromper.

JACINTE.

Me tromper , & comment ? je ne puis le com-
prendre.

MARINE.

Je n'y puis plus tenir & vous l'allez apprendre.
Vous me croyez , Monſieur , ce que je ne ſuis pas.

JACINTE.

Cela ſe pourroit bien , on eſt en pareil cas
Sujet à ſe tromper , de plus d'une maniere ,
Vous ne ſeriez pas la premiere.

MARINE.

Vous ne m'entendez pas.

JACINTE.

Expliquez vous donc mieux ,

MARINE.

J'ai paſſé juſqu'ici pour Elmire à vos yeux ,
Et je ne ſuis que ſa ſuivante ,

JACINTE.

A cette démarche offenſante ,
Quel intérêt à donc pû vous forcer ?

MARINE.

Elmire ſe voyant preſſer ,
De vous donner ſa main, quand ſon cœur s'y refuſe,

λ

M'avoit déterminée, à feconder fa rufe.
Me voyant laide & gauche en tout,
Elle efpéroit vous donner du dégoût,
Et vous forcer par notre ftratagême;
A rompre cet hymen vous-même.

JACINTE.

Elle s'y prenoit mal, car vous me plaifez fort.
Pour valoir mieux que vous, elle eft donc bien
      charmante;
Mais ou fe cache-t-elle?

MARINE.

En habit de fuivante,
Elle a pour vous choquer fait le plus grand effort.

JACINTE.

Quoi ce petit ferpent, au babil mal-honnête,
    Qui m'eft venu rompre la tête;
    De fes impertinens difcours,
    Et qui prétend que tous les jours,
Doivent, pour une femme, être des jours de fête;
C'eft-là votre Maîtreffe?

MARINE.

      Elle eft pleine d'attraits.

JACINTE.

Oui, de fes fentimens & de fon train de vie,
    Elle m'a fait de fi jolis portraits,
Que d'être fon mari, je ne fens nulle envie.

Si je le dis au pere , il prendra de l'humeur ;
Il pourra me répondre avec trop de chaleur ;
Je pars dès cette nuit , sans rien dire à personne.
Quand je n'y serai plus , qu'on jase , qu'on rai-
    sonne ,
On n'aura pas le don de me troubler l'esprit ,
Et je dirai de loin mes raisons par écrit.

MARINE.

Du bonheur de vous voir , je serai donc privée ?
    Qui m'eut dit à votre arrivée ,
    Qu'un aussi prompt éloignement ,
    M'affligeroit si vivement.

JACINTE.

Mais moi je t'aime aussi , ta bonne foi m'enchante.
    Ma cher enfant , si tu voulois ,
    Tu serois à jamais contente.

MARINE.

Par quel moyen ?

JACINTE.

    Tu me suivrois.
Tu vois que je ressens la plus vive tendresse ,
De mon cœur désormais tu sera la Maîtresse ;
Tu pourra disposer....

MARINE.

    Ah ! je m'y résoudrois ,
  Si je croyois que par notre hymenée ,
L'ardeur que j'ai pour vous pût être couronnée.

JACINTE.

Commence par m'aimer, & nous verrons après.

AIR, en Dialogue.

Toute seule en cette salle,
Trouve-toi sur le minuit ;
Pour éviter le scandale,
Nous fuirons à petit bruit.

MARINE.

A minuit ! si j'étois sure,
D'une ardeur constante & pure ;

JACINTE.

Je ne puis aimer que toi,

MARINE.

A minuit !

JACINTE.

Reçois ma foi.

MARINE.

Rassurez mon cœur timide,

JACINTE.

Sois sensible à mon transport :
Quand on a l'amour pour guide ;
On n'arrive qu'à bon port.

Tous deux.

Quand on a l'amour pour guide,
On n'arrive qu'à bon port.

Marine sort.

SCENE IV.

JACINTE, *seul, Recitatif.*

F Ais-je bien ? fais-je mal ? l'affaire est délicate,
J'enleve une soubrette, & malgré ses appas,
    Quelqu'un ne m'approuvera pas.
Suivons les douces loix, dont le pouvoir nous
    flatte,
Le rang a son mérite, & le bien peut tenter,
Mais le plus grand bonheur est de se contenter.

AIR.

On préfere avec justice,
La fille de qualité ;
Air brillant, noble artifice,
Tout releve sa beauté.

La bourgeoise vient ensuite,
Ses attraits ont bien leur prix,
Ton décent, sage conduite,
Les plus fins s'y trouvent pris.

Mais pour peu que la suivante,
Porte un minois distingué :

Elle est moins impertinente,
Son esprit est libre & gai,
Je la trouve ravissante,
Et mon cœur est subjugué.

SCENE V.

ELMIRE, JACINTE.

ELMIRE.

A ce qu'elle vient de me dire,
　Marine à fort bien réussi.
Le voilà seul, il rêve & montre du souci.
　Il me connoît à présent pour Elmire ;
Feignons de l'ignorer & sans nul embarras,
Affectons de penser qu'il ne me connoît pas.

JACINTE.

La voilà cette bonne emplette,
Je la laisse à qui la voudra ;
Traitons-là toujours en soubrette,
Et voyons ce qu'elle dira.

ELMIRE.

Demain vous goûterez une douceur parfaite,
Vous avez l'air rêveur & semblez balancer,
Quand le sort est jetté l'on n'y doit plus penser.

Air.

A I R.

Ce n'eft point une folie,
D'accepter le nom d'Epoux ;
Quand on prend femme jolie,
Et que l'on n'eft point jaloux.
Mais celui dont la manie,
Eft de craindre les rivaux ;
Au moment qu'il fe marie,
Met obftacle à fon repos.

JACINTE.

Même Air.

Une honnête défience,
Ne fait qu'échauffer l'amour,
Quand la femme à la prudence,
De marcher fans nul détour.

Mais fi légere & coquette,
Son maintien la fait blâmer,
Le mari qu'elle inquiéte,
La tourmente fans l'aimer.

Adieu ma belle enfant près de votre maîtreffe,
J'efpere réuffir par ma fage tendreffe ;
Vous penfez autrement, mais grace à mon deftin,
Nous ne fommes pas faits, pour nous donner la
main.

SCENE VI.
ELMIRE, feule.

Tout fuccéde à mes vœux, j'en fuis débarraffé.
Marine vient & paroît empreffée,

E

De se trouver au rendez-vous ;
Mais de l'autre côté je vois venir mon pere.

à Pirante qui paroît.

N'avancez pas de grace, & tous deux cachons-
nous.
Vous allez être instruit de ce qui doit se faire,
Et vous verrez si pour mon cher Epoux,
Je puis avoir un amour bien sincere.

SCENE VII.

MARINE, *seule.*

Jusqu'ici tout est bien conduit,
Et le Provincial à donné dans le piége,
Prenons tranquillement un siége,
Et restons seule ici sans lumiere & sans bruit.

Elle éteint les lumieres.

Mais je vais m'ennuyer en gardant le silence,
Pour nous donner un peu d'amusement,
Répétons tout doucement,
Notre nouvelle Romance.

ROMANCE.

On craint un engagement,
Tant qu'on est jeunette ;
On rebute un tendre Amant,
Que le cœur regrette.

Mais on a beau fuir l'amour ;
Il sçait nous surprendre ;
Ah ! s'il faut céder un jour,
A quoi sert d'attendre,

Colin mouroit de douleur,

Eloigné d'Agathe,

La Bergere à son ardeur,

N'étoit pas ingratte.

Tous deux se sentoient brûler,

Grand Dieux ! quel martyre ?

Elle ne pouvoit parler ,

Il n'osoit rien dire.

Marine s'endort en chantant ces dernieres parolles.

SCENE VIII.

PIRANTE, *en robe de Chambre, une lanterne à la main*, MARINE.

PIRANTE.

CHerchons par tout exactement.

Je n'entends aucun bruit, & je ne vois personne.

Mais n'est-ce pas la ma friponne ?

Elle dort bien tranquillement.

La méthode est assez bonne,

Pour attendre son amant ;

Je sens déja que ma cervelle ,

S'enflâme d'un juste couroux :

Allons réveillez-vous la belle ,

C'est donc ainsi... mais non modérons-nous.

D'un sommeil déplacé vous me rendrez bon compte.

MARINE.

Monsieur....

PIRANTE.

Paix, ne répondez pas.

E ij

Qu'on forte de ce lieu fans faire aucun fracas,
Et que tout doucement dans fa chambre on
remonte.

Marine fort.

Quand le galant viendra, je le rendrai bien fot,
Refermons ma lanterne & ne difons plus mot.

SCENE IX.

PIRANTE, JACINTE.

AIR.

PIRANTE.

C'eft lui qui frappe à la porte,
La colere me tranfporte. . . .
Mais feignons pour un moment,
Eft-ce vous mon cher Amant.

JACINTE.

Me voici belle Marine ;
Viens, fuis moi tout doucement.

PIRANTE.

S'en aller à la fourdine !
Ah ! ma vertu fe mutine,
Mon cœur bat terriblement.

JACINTE.

Viens, ne fois pas inquiéte,

PIRANTE.

Un tel pas me fait grand tort,

JACINTE.

Ta pudeur fera muette,
Si l'amour eft le plus fort.

PIRANTE, *ouvrant fa lanterne.*

Modérez un peu ce zéle ;
Ne foyez pas fi preffé.
Vôtre amour tendre & fidele ,
Sera bien récompenfé ;
La foubrette eft peu cruelle,
Je l'entends qui vous appellé ,
Allez lui donner la main,
Vous ferez content demain.

Quoi vous venez chez-moi, pour époufer ma fille ,
Et voulez me jouer ce déteftable tour ?
C'eft un affront pour ma famille ,
Que ne peut excufer votre imprudent amour.

JACINTE.
AIR.

Ecoutez-moi de grace ,
Méttez-vous à ma place ,
N'allez pas vous choquer ;
Votre fille eft charmante ;
Mais fa jeune fuivante,
Me force à vous manquer.

N'allez pas vous choquer ,
Quand l'amour nous enflâme,
Ce qu'il porte en notre âme ,
Ne fe peut expliquer.
Votre fille eft charmante,
Mais fa jeune fuivante,
Me force à vous manquer.

PIRANTE.

Après un long hymen, par un goût d'amusette,
    Que l'on agace la soubrette,
Je sçais bien que par fois cela peut arriver.
    Mais au moment du mariage,
    C'est vouloir me faire un outrage,
    Dont rien ne sçauroit vous laver.

SCENE DERNIERE.

PIRANTE, JACINTE, ELMIRE, MARINE, VALERE

ELMIRE.

MOn pere, appaisez-vous; si vous voulez
        m'entendre,
Vous verrez que Monsieur n'a pas tout-à-fait
        tort;
    Et c'est à moi de le défendre.
Son hymen à mes yeux offroit un triste sort.
L'amour pour m'en sauver anima notre audace;
Marine à ses regards se présenta pour moi,
D'aimer sa prétendue il s'est fait une loi,
Et l'amour par devoir dans son cœur a pris place.

JACINTE.

Elle a du moins de la sincérité,
    C'est une bonne qualité.

PIRANTE.

Je vois qu'à tes defirs il faudra que je céde ;
　　C'eſt donc pour ce jeune Officier ,
Que ta tête eſt tournée ? hé bien ! qu'il te poſ-
　　féde.

VALERE *ſe montrant.*

De quels termes , Monſieur , pour vous remer-
　　cier ,
Puis-je. . . .

PIRANTE.

　　Quoi ! vous voilà , ceci me fait en-
　　tendre ,
Que pour vous marier je ne dois plus attendre ;
En vain contre ces nœuds je me gendarmerois,
Ils ſe feroient tous ſeuls , ſi je m'y refuſois.

CHŒUR.

On n'éprouve que des peines ,
Quand l'hymen donne des loix.
L'amour adoucit nos chaînes ,
C'eſt à lui de faire un choix.

VALERE & ELMIRE.

Dans le nœud qui nous engage ,
Tout nous flatte , tout nous rit.

JACINTE.

Bon courage , bon courage ,
La future a de l'eſprit.

LE PRÉTENDU,

à Marine.

Tous deux dans mon équipage
Nous allons marcher grand train.

MARINE.

Bon voyage, bon voyage,
Vous ferez seul le chemin.

JACINTE.

Encore une tromperie !
Quoi ! ton cœur n'est pas épris ?

MARINE.

Je veux, si je me marie,
Prendre un époux de Paris.

LE CHŒUR.

Bon voyage, bon voyage,
Vous partez en liberté.

JACINTE.

Bon courage, bon courage,
Epousez en sureté,

Fin du troisiéme & dernier Acte.

APPROBATION.

J'Ai lu par orde de Monseigneur le Chancelier, un Manuscrit intitulé, *le Prétendu, Comédie*, & je crois qu'on en peut permettre l'Impression. A Paris, ce 27 Novembre 1760.
                                        GIBERT.

www.ingramcontent.com/pod-product-compliance
Lightning Source LLC
Chambersburg PA
CBHW071248210626
46818CB00013B/615